Vedat Dalokay 10 Kasım 1927'de Elazığ'da doğdu. İlk, orta ve lise öğrenimini Elazığ'da tamamladı. 1949 yılında İstanbul Teknik Üniversitesi Mimarlık Fakültesi'nden mezun oldu. 1950-1951'de PTT ve Bayındırlık Bakanlığı'nda mimar olarak görev yaptı. 1951-1952'de Paris'teki Sorbonne Şehircilik Enstitüsü'nde lisansüstü çalışması yaparken Auguste Perret ve Le Corbusier gibi ünlü mimarların bürolarında çalıştı. 1954'te Ankara'da Dalokay Mimarlık Atölyesi'ni kurdu. 1964-1968 yılları arasında Ankara Mimarlar Odası Şube Başkanlığı ve Mimarlar Odası Genel Sekreterliği, 1973-1977 yılları arasında Ankara Belediye Başkanlığı yaptı. Birçok ulusal proje yarışmasına katılan Vedat Dalokay, 13'ü birincilik olmak üzere birçok ödül ve mansiyon kazandı. Uluslararası alanda katıldığı İslamabad Kral Faysal Camii (Pakistan, 1970), Cidde İslam Kalkınma Bankası Genel Merkezi (Suudi Arabistan, 1980), Başbakanlık Kompleksi (Pakistan, 1984), İstanbul Taksim Alanı (1987), Pakistan Ulusal Anıtı (1977) proje yarışmalarında birincilik kazandı. Yapı tasarımlarında geleneksel kalıpların dışına çıkan yeni biçim arayışlarına gitti. Çeşitli meslek dergilerinde kentleşme, gecekondu, belediyecilik ve dinsel mimarlık konularında yazılar yazdı. 21 Mart 1991'de Kırıkkale yakınlarında geçirdiği trafik kazasında hayatını kaybetti. *Kolo* adlı çocuk öyküsüyle 1980 Türk Dil Kurumu Çocuk Yazını Ödülü'nü, 1995 yılında da American Library Association tarafından verilen Mildred L. Batchelder Ödülü'nü kazandı. *Kolo,* İngilizce, Almanca ve Dancaya çevrildi.

VEDAT DALOKAY

Kolo

Resimleyen:
Mustafa Delioğlu

Yapı Kredi Yayınları

Yapı Kredi Yayınları - 2873
Doğan Kardeş - 172

Kolo - Vedat Dalokay
Resimleyen: Mustafa Delioğlu

Kitap editörü: Onca Tapınç
Düzelti: İncilay Yılmazyurt

Tasarım: Nahide Dikel
Grafik uygulama: Arzu Yaraş

Baskı: Mas Matbaacılık A.Ş.
Hamidiye Mah. Soğuksu Cad. No: 3 Kağıthane-İstanbul
Telefon: (0 212) 294 10 00 e-posta: info@masmat.com.tr
Sertifika No: 12055

1. baskı: Redhouse Yayınları, 1979
2. baskı: Ankara Büyükşehir Belediyesi, 1991
3. baskı: Mavi Bulut, 1998
Karton kapak 1. baskı: İstanbul, Mart 2009
2. baskı: İstanbul, Nisan 2010
ISBN 978-975-08-1588-1

Yapı Kredi Kültür Sanat Yayıncılık Ticaret ve Sanayi A.Ş.
Yapı Kredi Kültür Merkezi
İstiklal Caddesi No. 161 Beyoğlu 34433 İstanbul
Telefon: (0 212) 252 47 00 (pbx) Faks: (0 212) 293 07 23
http://www.ykykultur.com.tr
e-posta: ykykultur@ykykultur.com.tr
İnternet satış adresi: http://alisveris.yapikredi.com.tr

İÇİNDEKİLER

Vedat, Ayçe, Barış Dalokay'ın anısına
dünya çocuklarına armağandır.

Belemir, Hakan, Sibel, Gözde

Kolo ve Şako Bacı Bir Gün....

Küçük bir çocukken, büyük yarışmalar öncesinde babamı ofisinde ziyaret eder; hayranlıkla izlediğim çizimlere bakarak "Baba ne olur ben de bir nokta ekleyebilir miyim?" diye sorardım. "Peki, bak tam şuraya koyacaksın..." derdi babam. Ne büyük bir mutluluktu benim için! Bu eserde benim de payım vardı!

Çocukluk günlerim geride kaldı. Üniversiteyi bitirdim, içmimar oldum, evlendim ve bana bir kez daha, çizimlerine değil belki ama, izin verirse kitabına birkaç kelime ekleyebilme şansı doğdu.

Babam ayaklı kocaman bir kütüphaneydi benim için: Oku oku oku bitmezdi. Geceleri şiir kitabını eline alır şair oluverirdi. Yolculuklarda o kadar çok konuşurdu ki, bir defasında tarih sınavımda çıkan soruyu babamın arabada anlattıklarına göre yanıtlayabilmiştim. Sonra resimler yapardı suluboyalarıyla, gittiğimiz her yere ait tabloların bulunduğu bir sergi vardı evimizde. Geometri bilgileriyle hayatında ilk kez bilardo oynayıp hepimizi yenmişti bir defasında! Sportmendi ayrıca, Erciyes'in zirvesinden kayakla inmek her babaya nasip olmazdı; iyi de bir yüzücüydü, hatta windsurf yaptığına bile tanık olmuştum. Mükemmel bir hatipti, her fırsatta kalabalığı karşısına alır "Azizim..." diye başlardı konuşmaya.

Ben babamla 18 sene yaşadım ve okuyabildiğim kadar okudum. Şimdi onun dünyasına girebilmek için sihirli bir anahtar var elimizde. Onu tanımak için geç değil; çocuğum olduğunda bana bir gün dedesini sorarsa hemen başlayacağım anlatmaya Kolo ve Şako Bacı bir gün...

Gözde Dalokay Özmen
Eylül 2002

Şako Bacı ile Kolo keçinin öyküsünü ilk kez bundan 15 yıl önce kızım Beloş'a anlatmıştım. Sonra oğlum Hakko'ya, sonra Siboş'a. Geçen gün, henüz beş ve yedi yaşlarına girmiş Barış'la Gözde'ye de anlatmak istedim. Birden anımsayıverdim, Dünya Çocuk Yılı'ndaydık. Artık geride bıraktığım çocukluk yıllarımın bu gerçek öyküsünü dünyanın tüm çocuklarına anlatarak bir katkıda bulunabilirdim. Ben küçükken de acıklı öyküler, masallar dinlemeye bayılırdım, şimdi de. Büyüdüm, bıyığım, sakalım çıktı. Hatta ağardılar bile. Mimar oldum, baba oldum. Belediye Başkanı oldum, ama çocukluk çağı ne zaman biter, ne zaman koca adam olunur, bunu hâlâ bilemedim.

Çocuklarım, "baba," sokaktaki çocuklar, "amca," diye söze başlarlar ama, anam, karım, hele sınıf arkadaşlarım, "Sen hâlâ çocuksun," derler. Doğru söylerler. Ben bugüne değin, ÇOCUKLUĞUMU HİÇBİR AN YİTİRMEDİM Kİ!..

VEDAT DALOKAY
1979

Sunuş

Çocukluğumun önemli bölümü, Süpürgeç Dağı'na yaslanmış bağlar bahçeler arasında kurulu Pertek'te geçti. Deliçay Murat'ın tam kıyısındaki Pertek'in 8-10 hanelik küçücük köyü Borkin, dedem Mustafa Ağa'nındı. Şako Bacı'nın ve Kolo'nun bu şirin köyü şimdi Keban Baraj Gölü'nün 40 metre altındadır.

Kolo benim çocukluk anılarımdır. Tüm malzemesi, Kolo ve tekesi, Şako, hayın kurt, Deliçay, Gulo Dayı, pireler ve türküler gerçektir. Olaylar da gerçek: Kolo'nun bir kova dolusu süt vermesi, sürünün Deliçay'ın ötesine geçmesi, Koloların kaybolduğu yerde Üçpınar'ın doğması... Olmaz demeyin, ben öyle anımsıyorum ve de öyle olmasını istiyorum. Üstelik düş karışmamış ham gerçeğin pek öyle tadı yoktur.

Beş çocuğum ve karımla, yani 14 ayakla toprağa basan bir babayım. Her çocuğumla birlikte çocukluğumu yeniden yaşadım ve tam beş kez yeniden doğup yeniden büyüdüm. Yatak odama bitişik öteki odalardan bugün bile ilkokuldan üniversiteye kadar sesler geliyor.

On beş yıl önce bir tatil günü, anaları çarşı pazara gidince, Beloş, Hakko ve Siboş'a masal anlatmak bana düştü. Önce onlara nasıl doğduklarını anlattım, yetmedi; kendi çocukluk anılarıma başladım...

Sevmişlerdi Kolo'yu ve Şako Bacı'yı. Son gelen Barış'la Gözde'ye de anlatmak gerektiğinde, paçamı kurtarmak için "size yazacağım bunları," diye söz verdim. Yapmakta olduğum bir cami inşaatı için İslamabad'da bulunduğum bir sırada, (1979 Dünya Çocuk Yılı, Mart ayında) iki gecede Kolo'nun öyküsünü yazdım. Sabahleyin okuduğumda çok fena bozulmuştum. Malzeme iyiydi ama, her şey karmakarışıktı ve dili de öyle çocukların anlayacağı gibi değildi.

30 yıllık mimarlığıma sığındım. Tüm malzemeyi, zamanı, olayları, bir anaokulu inşa eder gibi yeniden ele aldım. Moloz taşı, tuğlayı, kiremiti, yani Kolo'yu, Şako'yu, tekeyi, her şeyi huyuna ve biçimine göre zamanda ve mekânda yeniden düzenledim. Yoğun betimlemeleri, gereksiz ayrıntıları silip süpürdüm. Yani anlayacağınız Kolo'nun dişlerini bir temiz fırçaladım. Çocuklarımın, "Ne demek baba?" diyecekleri bütün sözcük ve tümceleri attım. Bitirirken de Kolo'nun, Kolofoş'un, Şako'nun kim olduğunu anlatan son yaprağı yazdım, tamam oldu...

Kolo'yu yayımlamadan ve kitap haline getirmeden önce karıma, çocuklarıma ve yakın arkadaşlarıma okudum. Özellikle değerli arkadaşlarım Demirtaş Ceyhun ve Tahsin Saraç sevdiklerini, beğendiklerini söyleyerek beni çok yüreklendirdiler. Basıldı. Bir küçük masal oldu. Masalı hem çocuklar hem de büyükler ilgiyle okuduklarını söylüyorlardı. Hatta küçükler devreden çıkmış, *Kolo*'yu büyükler okuyor, Türk Dil Kurumu'nun büyüklerden kurulu Seçici Kurulu da çocuk masalı *Kolo*'yu ödüle yaraşır görüyordu...

Şimdi düşünüyorum: Masal kimler için yazılır? Sanırım güzel masal, çocuğa da, dedeye de seslenir; yediden yetmişe tüm kuşaklara... Çocukların büyük ve büyüklerin çocuk yanları masalda birleşir, bilgelikten uzak tatlı bir bileşim olur.

"Mesajınız nedir *Kolo*'yla? Toplumumuza ne vermek, ne söylemek istediniz?" türünden bir dolu soruyla karşılaşıyorum. Ben çocuklarıma verdiğim bir sözü yerine getirmiştim. Yazmaya başladığımda mesajım falan yoktu. Yani toplumcu bir yapıt yapma savı... Şako'ya, Kolo'ya ve çocuklara olan sözümü ve sevgimi somutlaştırmak istemiştim, o kadar. Fakat öyküyü bitirip ilk okuduğumda, Doğu'nun bin yıllık çilesine, öfkesine, kan davalarına, topraksızlığa, gurbete gidişe, tanrı ve ölüm kavramına, Doğu'nun sert ve amansız ve fakat ölesiye güzel doğasıyla yaşam savaşımı vermeye çalışan birçok satır ve bölümlere yer verdiğimi gördüm. Hele "Baraj" öyküsünde, Doğu'ya uygarlık götürüyoruz diye yola çıkan bir devletin, doğayı ve insanı, yani tüm yaşamı nasıl umursamadığını, bin yıllık yaşam ve yüz bin yıllık doğayı nasıl yok ettiğini anlatmıştım. Bunu gözlerimle görmüş ve yaşamıştım. Jandarmalı devlet gitmişti ama daha beteri, barajlı devlet gelmişti. İkincisi daha beterdi Şako Bacı ve Kolo için.

Jandarma takımı yavru Kololarm ölümüydü ama, barajlı devlet, doğanın, tüm varlıkların, Kolo'nun ve Şako'nun ve köylülerin sonu idi.

Ben Şako'yu, Kolo'yu ve yaşadıkları yöreyi masala korken yürüyen hayat, sosyal, politik ve ekonomik yapısıyla masalda yerini almıştı. Vallahi bunun farkında bile değildim. Ama farkında olduğum, doğrusunu bildiğim bazı olayları da yazarlığın hınzırlık yanına getirerek değiştirmiştim. Örneğin Şako Bacı'nın ölümü, masaldaki gibi yatağında olmamıştı. Şako Bacı, köyünü bir baştan bir başa bıçak gibi ortadan yaran şehirlerarası bir yolda bir kamyonun altında can çekişerek ölmüştü. Vücudunun birçok parçası kamyona ve asfalta yapışmıştı. Köye uygarlık getiren yol, Şako'yu ve doğayı bir ustura gibi doğramış, koyun ve keçi sürülerinin keyfini kaçırmıştı. Yolun uzak yakın çevresi, her yer pis bir ölüm tozuyla örtülmüştü. İnanın bana, kan çanağı gelincikler bile tozdan seçilmiyordu. Devletin barajı bir türlü, yolu başka türlü katildi. Şako Bacı böyle ölmemeliydi. Ona yakışmıyordu. Şako Bacı'ya ölüm güzel gelmeliydi. Acısız ve çektirmeden. Şako'nun yazgısında "heyhat" bu yokmuş meğerse. Ama istediği o güzel ölümü, öyküde ona ben verdim. İnanmanızı isterim: *Kolo*'yu yazmaya başlarken bunları hiç düşünmemiştim.

Türk Dil Kurumu ödüllerini paylaşanları, Sayın Başkan, konuklara tanıtırken yanılmıyorsam "Dilimizin yeni ustaları" gibi bir deyim kullandı. Düşünüyorum şimdi, şu konuştuğum dile ne katkım olmuştur *Kolo* adlı masalda? bilemiyorum, fakat yazarken başıma gelen sıkıntıları söylemek istiyorum. Masalı yalın, duru sözcükler ve kısa tümcelerle örmeliydim. Doku karmakarışık olmamalıydı. Çocuklar bunu duyacaktı. Sonra, son derece yalın bir biçim de doğru olmazdı deyip, düz sahifelerde bazı sözcüklerin kabarmasını istedim. Sanki, üçüncü bir boyut vermek istedim kâğıda. Bu, kimi kez sütün sesi "fışş, fışş", kimi kez kesilen yünlerin sesi "hart, hart" çoğu kez de Koloların sesi oldu. Rüzgâra kapılan, kavaklığa ve koyağa kayan... Masalda tekrarlanan bazı sözcük ve tümcelerin de müzik yapmasını yani kulağa hoş gelmesini istiyordum.

Ben mimar olarak yapacağım yapıdaki taşı, tuğlayı, ahşabı kullanma yeteneğimi, doğal alışkanlığımı, masalı ortaya çıkaracak dile, yani anlatım malzemesine de uygulamak istedim. Masal yalın ve gösterişsiz bir yapı, yani Şako Bacı'nın komu (evi) gibiydi. Kom toprak, taş ve birkaç ağaç kütüğüyle yapılmıştı. Masal da öyle olmalıydı, ama çocukların ve yörenin sözcükleriyle örülmeliydi. Duyarlılığım üç aşağı beş yukarı bunlardı dil konusunda.

Bundan böyle siz sevgili çocuklar için yeniden bu dalda yazar mıyım sorusuna gelince, "Bilmem ki, bilmem ki," diyeceğim. Böyle bir kavak yeli usumda bir daha ne zaman eser, kim bilir?

Şako ile Kolo

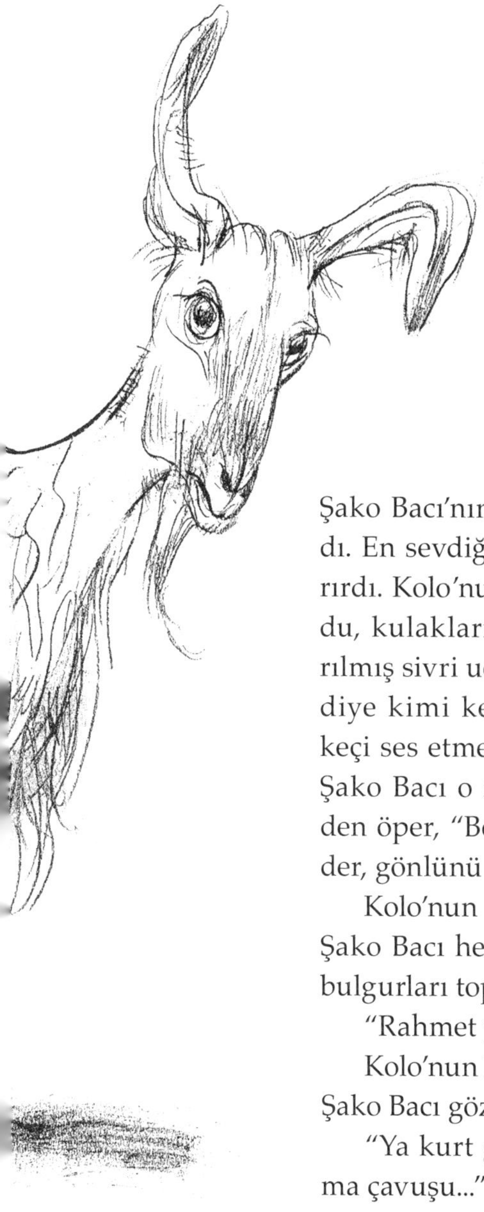

Şako Bacı'nın, bir teke, yedi keçisi vardı. En sevdiği keçisini KOLO diye çağırırdı. Kolo'nun kuyruğu hep dik dururdu, kulakları da düşük. Sakalının kıvrılmış sivri ucuna, Şako Bacı, şaka olsun diye kimi kez yazmasını asardı. Kolo keçi ses etmezdi, şakadan anlardı Kolo, Şako Bacı o zaman Kolo'nun gözlerinden öper, "Benim nazlı, tatlı sultanım," der, gönlünü alırdı.

Kolo'nun dik kuyruğu aşağı indi mi, Şako Bacı hemen koşar, güneşe serdiği bulgurları toplardı:

"Rahmet yağacak," derdi.

Kolo'nun kulakları yukarı dikildi mi, Şako Bacı gözünü dört açardı:

"Ya kurt geliyor," derdi, "ya candarma çavuşu..."

Şako Bacı'nın Komu

Bir kan davasında kocasını ve iki oğlunu da öldürmüşler Şako Bacı'nın.

"Dokunmayın, yazık, el kızıdır o," deyip kendisini sağ bırakmışlar. Yapayalnız kalmış Şako gelin. Doğduğu, büyüdüğü, gelin olduğu ve Ali'sine iki oğlan doğurduğu köyünü, bir güz sonu bırakıp bizim köye gelmiş. Altı keçisinden başka kimi kimsesi kalmamış. Bize sığınmış, köyün ağasına.

Babam, ırmak kıyısında terk edilmiş kerpiç bir ahırı (bizim oralarda, böyle yerlere kom derler) barınsın diye ona vermiş. Şako Bacı önce bir seki yaparak kendi yatacağı yeri keçilerden ayırmış. Işık gelen yarığa bir cam parçasını çamurla tutturmuş, yanı başına da bir güzel ocak, üstüne de bir raf yapmış. Şako Bacı'nın komuna ilk girişimde beni şaşırtan kapısının kilidi olmuştu. Duvar yarığına giren kalın bir sopa hem içerden, hem dışardan açılırdı ama keçiler açamazdı. Sonra, Şako Bacı'nın değerli eşyası da yoktu saklamaya; ama keçilerden korumak istediği şeyleri komun tavanına asardı.

Şako Bacı işte bu komda keçileriyle beraber yatar, beraber kalkardı. Yazları, keçilerini komun önünde yatırır, kendisi de yatağını dama sererdi. Damda yatmaya, kendi deyimiyle, "Göğün yıldızlarını yorgan yapma"ya bayılırdı.

Şako Bacı ile Tanışmamız

Bir sabah, ırmakta dizlerime kadar suya girmiştim. Anama badem kırması için uzun ve yassı taşlar arıyordum. Birisi öfkeyle koluma yapışıp beni sudan dışarı çekti:

"Poh mu var orada? Çay, şeytan kuyularıyla dolu," deyip beni bir güzel azarladı.

Anladım. Şako Bacı olsa gerek, dedim içimden.

Ben, Mustafa Ağa'nın torunu, belki ilk kez sustum. Çatık kaşına rağmen, gülen gözleri kanımı kaynatmıştı.

Isındım ona hemen. İşte, böyle tanıştık Şako Bacı'yla. Keçilerini köyün sürüsüne katıp oğlakları kendi otarmaya götürür, bu yüzden gündüzleri ortalıkta pek gözükmezdi. Onun için gecikmiş bir tanışmaydı bizimki. Yitirdiğimiz zamanı kazanarak Şako Bacı'nın en yakın dostu oldum kısa sürede. Bundan onur duyuyor, kendime güvenim artıyordu ama, babamın da bu işe canı sıkılmıyor değildi. Bu konuda anamla fiskos etmiş, bereket dostluğumuza yasak koymamıştı. Şako Bacı'ya yakınlığım başlangıçta midemden geliyordu. Her sabah uyanır uyanmaz Şako Bacı'nın komuna koşardım. Sac üstünde pişirdiği ekşili ekmeğin üstüne koca bir el kadar kaymak koyardı, onu hemen sepetin altından kapar, dakkada yutardım.

Komun Yeni Konuğu Kolo

Bir akşam koma altı keçi yerine yedi keçi geldi. Sapsarı gözleri, ipek gibi tüyleriyle kocaman bir dişi keçi...

Şako Bacı:

"Yaradana gurban, ne güzel bir kolo değil mi?"

"Kolo ne demek Şako Bacı?"

"Baksana boynuzları yok. Kolo işte. Bu köyün keçisi değil, kimin ola acep?"

Ellerini bir güzel yıkadı, Tanrı konuğu bu keçinin sütünü ayrı sağdı. Herhalde gelip aldıklarında sütüyle beraber verecekti.

Sabahı, koloyu bekleyeni vardır, bir daha görmeyecek diye, gözlerinden öpüp içi burkularak sürüye yolladı. Akşama kolo keçi gene koma dönmez mi!

Günler aylar geçti. Kolo'ya kime sahip çıkmadı. Kolo, komun oldu. Ve kolo komda düzeni değiştirdi. Önce tekeye başkaldırdı. Sonra komu kendi buyruğu altına aldı. Kısa sürede Şako'nun sultanı ve gözdesi, benim de Kolo keçim oldu.

Şako Bacı'yla Kara Yılan

Bir akşamüstü, güneş battı batacak, baktım babam beni çağırıyor:

"Koş, benim çifteyi getir, oğlum..."

Yaşlı dut ağacının altında beni bekleyen babama çifteyi getirip verdim. Dut ağacının dalları telaşla çırpınan yüzlerce serçeyle yüklüydü. Babam dut ağacının gövdesine ilk dalın saplandığı yere nişan aldı, çekti tetiği. Ortalık ana baba günü oldu. Barut dumanı ve kokusu... Serçeler bir anda havalanıp gözden yitti. Ortalığa bir sessizlik çöktü. Ve ardından ikiye bölünmüş koca bir kara yılan, dutun gövdesinden aşağı sağılıverdi. Köylüler toplandı, yılanın şişkin karnın-

dan iki ölü serçe yavrusu çıkardılar. Şako Bacı bu serçeleri, köylüler de yılanı aldılar. Bahçenin en uzak köşesindeki kör cevizin dibine yılanı gömdüler. Biri, "Yılanın kuyruğu yıldız görmeden ölmez," derken, bir öteki de bana dönüp, "Küçük Ağa, yalnayak burdan geçeyim deme. Ayağına kemiği battı mı Topal Haso'ya dönersin ha," dedi.

Sonra, tüm köylüler armutların dibinde oturan babamın çevresinde diz çöktüler. Her biri başından geçen bir yılan öyküsü anlatmaya koyuldu. En sonunda biri, "Ağa, yılanın eşi bu gece mutlaka birimize kötülük yapmaya gelecek. Çoluk çocuğa göz kulak olalım," dedi.

O gece gözüme uyku girmedi. Kulağım kirişte, yarı uyur, yarı uyanık durumdaydım; en ufak bir çıtırtıda yatağımdan fırlayıp etrafı kolluyor, sabahı iple çekiyordum.

Sabah gün ışır ışımaz Şako'nun komuna koştum.

"Şako Bacı, ne yaptın ölü serçeleri, nereye gömdün?"

"Sütle temizleyip süzeğe sardım, ocağın başına astım. Nah orada. Komu efsunladım..."

"Yılanın eşi ne oldu? Kime gitti dersin?"

"Buradaydı, nah şurada... Kuşluk vakti bi uyandım, baktım, canavar kelep (halka) olmuş orda, yastığımın bu ucunda uyuyor..."

"Ne! Orada mıydı? Ne yaptın peki, öldürmedin mi?"

"O bana değmemişti ki gurban, ben de ona değmedim..."

Günler Geçerken

Şako Bacı'nın bu davranışı benim kafamda kelep olmuş kocaman bir soruydu. Benim ödümü patlatan akrebe, danaburnuna, eşekarısına, moza (arı cinsinden bir böcek) karşı öyle doğal bir hali vardı ki. Yağmur sonrası ya da çok sıcak akşamlar komun duvarları kertenkele ve akrep dolardı. Şako Bacı umursamazdı. Yalnız kendine çarpan akrebi öldürürdü. Ölüden de ölmekten de korkmazdı. Ölüm, "yaşamın bir devamı" idi. Yaşamı öylesine ciddiye almış, ona öylesine asılmıştı ki, yoktu ölüm Şako Bacı için.

Bir gün gözlerim komun karanlığına alışmadığı için, görmedim, taze sağılmış süt kovasını devirdim. Mis gibi süt taze keçi pislikleri ile karışık toprak tarafından yavaş yavaş emiliyordu. Şako Bacı:

"Üzme canını gurban, oldu bir kere..." dedi. "Ben de, sen de işte böyle toprağa karışıp gideceğiz bir gün. Yaradan, sana gecinden vere gurban, ama ben artık tutunamıyorum. Şurama, dün gece nahlet olası bir sancı girdi, elim ayağım tutmuyor gene."

"Hasta mısın Şako?"

"He gurban."

Şako, önü açık eski bol entarisinin içinde kuru bir daldı sanki. Eliyle elimi tuttu, açıkta kalmış kaburga kemiklerinin altına bastırdı.

"İşte tam şurası," dedi.

Eve koştum, anama haber ettim. Anam bir şeyler aldı gitti; biraz sonra döndü.

"Baban yarın erkenden ava gidecek. Şako Bacı hasta. Yarın gıdikleri (oğlakları) çay kıyısına sen götür, köye dalmasınlar," dedi.

O gece uyuyamadım. Şako Bacı'nın kurumuş vücudu

hep gözümün önüne geliyordu. Bir eliyle memelerini bir kenara iterken, öbür eliyle de elimi canına bastırmıştı, irkilmiştim. Sanki canlı değildi orası. Kayan, kuru ve yanık bir deri.

Yüzlerce horoz sesi ve köpek havlamalarıyla birlikte nihayet şafak söktü. Babam uyanıp ahıra indi; biraz sonra bahçe çeperinin üstünde babamın ve atın yürüyen başı... Hemen fırladım, koma koştum. Şako Bacı kalkmış. Beti benzi daha iyice. Kolo keçinin bembeyaz iki yavrusuyla simsiyah dört oğlağı, çayın kıyısındaki otlağa o gün ben götürdüm. Yaşamımın en güzel günüydü. Karınları çok yemekten iki yana balon yapmış yavru keçiler önde, "harmanın yarısını marabaya bırakmış bir ağa" gibi ben arkada, koma döndük.

Sürü daha dönmemişti ama, hayret, Kolo keçi komda Şako'nun elinin altındaydı. Gün bile batmamıştı daha, sürü köye dönmemişti.

"Sen misin gurban?"

"He."

"Tut beni Kolo'yu sağayım."

Kolo'nun kıçını yatağa çevirdim. Bacaklarının arasına sığmayan, süt dolu, gerilmiş memelerinin altına kovayı sürdüm. Su getirdim, Şako Bacı ellerini yıkadı. Yan döndü, alışkın eller süt dolu memelere yapıştı. Sicim gibi fışkıran sütler, FIŞŞ, FIŞŞ!.. diye kovada seslenmeye başladı. Tam bir koca kova süt sağdı Şako Bacı, hayretle baktı ve mırıldandı:

"Tövbeler gurban, böyle şey görmedim ahir ömrümde."

Sıtma

Eve varınca al al olmuş yanaklarımı ve hâlâ terden sırılsıklam gömleğimi görünce anam (sıtmaya tutulmamdan çok korkardı) soydu beni, adamakıllı sildi, kuruladı. Kaynattığı ıhlamurla bir acı kinini yutturup koca bir yorganın altına soktu. Ateşler içinde yanıyordum, ama yine de üşüyordum. Çenelerim zangır zangır birbirine vuruyordu. Gözüme uyku girmiyor, bir dolu soru geliyordu kafama: Kolo keçi niye erken döndü? Nasıl döndü? Diyelim ki Şako Bacı'nın hasta olduğunu anlamış erken dönmüştü; peki ama, onca sütü nereden bulmuş, neresine koymuştu? Ateşten boğulur hale gelmiş, örtüyü, döşeği ter içinde bırakmıştım. Anam beni yeniden kuruladı. Taze çamaşırlar giydirip bir başka döşeğe yatırdı. Uyuyup kalmışım. Düşümde hep gıdiklerle, yani keçi yavrularıyla Deli Çay'ın kenarındaydım. Gün çoktan doğmuştu, uyandığımda, kafam sorularla doluydu yine.

"Sabaha dek sayıkladın durdun oğlum."

"Şako Bacı eyi mi ana?"

"Gıdiklerle çaya indi bile... Giderken kaymağını buraya bıraktı."

Hastalığım süresince, Kolo'suz, gıdiksiz düş görmediğim gün olmadı. Öylesine etkilenmiştim ki, bir keçi olarak doğmadığıma hayıflanır olmuştum. Kolo'laşmıştım adamakıllı. Ama kafamdaki soruların yanıtını da bulmak kolay değildi. Merakım, sabırsızlığım Kolo'yu iyice tanımamış olmamdan geliyordu. Bunu çok sonraları anladım. Yıllar boyu nelerine tanık olmadım ki:

İnatçılığına, onuruna, sevdiğine, kızdığına ve yavruları kolocukların o akıl almaz oyunlarına...

Kolo'dan İlk Ders

Amansız sıtmadan daha yeni paçamı kurtarmıştım. Bir akşamüstü Taşpınarı'ndan su içiyordum. Kolo'nun susamış yavruları da pınara geldiler. Pınarın ta gözesine gidip oradan su içerken bana gelen suyu çamura buladılar. Yaramazların kıçına dikenli bir iğde dalını kamçı gibi şaklattığımda neye uğradıklarını anlayamadılar. Ama devrisi gün, dama kurutmak için serdiğim ulukala dutlarını, patpatik ağacından yaptığım kavalları, düdükleri darmadağın ve paramparça bulunca bu kez neye uğradığımı ben anlayamadım. Üstelik o akşam, Kolo koma dönerken şişkin karnıyla çarptığı bir eşekarısı yuvasını önüme düşürmüş, kudurmuş arılardan da canımı zor kurtarmıştım.

Hiç kuşkum yok, bunları Kolo ve kolocuklar yapmıştı. Şako Bacı'ya konuyu açtım:

"Kolo'nun kini de inadı da gülburnu gibidir; tüyü adamın ensesine kaçtı mı adamı moz tutmuş sıpaya çevirir," dedi. Şako Bacı'nın bir bildiği vardı demek.

Önder Kolo'nun Onuru

Kolo keçi dişidir ama, önderlikte üstüne yoktur. Akşamları sürü köye dönerken, son yokuşun başında sürünün yükselen tozu görülür ilkönce. Tozun içinden de, en öndeki Kolo'nun beyaz, boynuzsuz başı... Derken, simsiyah başlara bağlı, mızrak gibi yüzlerce boynuz. Koyunlar en sondadır.

Kolo, koma giden patikanın başında durur; örgütünü bekler. Kolo bu kez arkaya geçer, dönerler koma.

Şako Bacı önce Kolo'yu sağar. Başkası sağıldı mı, Kolo punduna getirip ya süt dolu kovayı devirir ya da yırtık çuvaldan dökülen kara zeytin tanesi gibi pisliklerini kovaya boca eder. Hoş, Şako Bacı sütü dökecek değil ya? Tırmık gibi yaptığı elini kovaya daldırır. Sütler süzülür, Kolo'nun marifetleri de avcunda kalır. Kolo'nun suratına fırlatacağı gelir, ama küfreder, komdan dışarı atar. Şako Bacı, Kolo'nun huyuna gitmeyi daha uygun bulur. Bu tür sorunlardan kaçınır. Ama bilir ki gene, Kolo keçi demek, sorun demektir.

Örneğin, Onbaşı'nın hasta karısına şişe çekmeye gittiği akşam, keçileri bir başkası sağmış, ama Kolo'yu razı edememiş bir türlü. Kolo'yu zorla yakalayıp süt dolu memelerini morartıncaya dek sıkmış, yine de bir damla bile süt alamamış. Gece yarısına doğru Şako Bacı gelince, önce ellerini yıkayıp sonra Kolo'nun gözlerinden öptükten sonradır ki Kolo gevşemiş, sağılmış, acı çekmekten kurtulmuştu.

Kolo'nun memeleri komun namusudur, üstüne söz edilemez. Sağacak el, yabancı eli de olamaz, kirli el de olamaz.

Kolo'nun Memesi

Komşumuz Asım Ağa, bağındaki en güzel üzüm veren asmaya Kolo'nun memesi adını vermiş ve topladığı üzümlerden bir sepet de babama yollamıştı. Üzümün adına bayılmıştım. Gerçekten Kolo'nun memeleri gibi hem tombul, hem uzun, hem de uçları kütür kütür yanık ve kırmızıydı.

Payıma düşen salkımı akşam Şako'ya götürdüm:

"Al bak, bu üzümün adı Kolo'nun memesi imiş," diyerek bir süre şakalaştım.

Sabaha ne görelim?

Asım Ağa, köyün içinde hışımla bir o yana bir bu yana koşup duruyor, saçını sakalını yoluyordu:

"Bulacağım pezevengin şeytanını," diyerek kökünden kemirilmiş, gözünün nuru asmasına hayıflanıyordu.

Kolo'nun Ülkesi

Kolo'nun komda yattığı yer, Şako Bacı'nın yeri gibi hem yüksek hem de tertemizdi. Yattığı yere pislediği ya da işediği görülmemişti. Yılda bir kez, yalnız bir gecelik yerini değiştirir, kokusu ekşi ekşi beynine vuran ve vazgeçemediği tekesinin yanında yatardı. O gece kesinlikle bir iş tutulmazdı. Bu davranışı ancak bir barış çağrısıydı. Doğuracağı ikiz kolocuklarının gül hatırı için, –bir hafta mı on gün mü– sevgili tekesinin gönlünü edinceye dek hep onunla otlamaya ve suya giderdi. Evet, komdaki öteki keçiler hep birer birer doğururken, Kolo hep ikiz doğururdu: biri kız, Kolofoş; ötekisi oğlan, Kololo. Loğusalığında bir süre dağa gitmez kolocuklarını emzirirdi. Onlarla oynaşır, otlar, suya gider, tüylerini ve popolarını yalar; yalamasını, pire tutmasını, kene ezmesini öğretir, kısacası tüm yaşam deneyimlerini onlara vermeye çalışırdı. Kolocukların çamurlu ayaklarını Şako Bacı yıkarken:

"Kolo bugün danaburnu dersini belletmiş onlara," derdi. "Hayvanlar otlarken, otun içindeki danaburnu bir ısırdı mı burunlarını, değil keçi, sığır olsa, orda yıkılır kalır."

Kolo keçi güz sonunda da bir süre, sürüyle otlamaya gitmezdi. Şako Bacı durumu hemen anlardı. Kolo keçi sütten kesilir, ağzı kurur, gözlerine yaş dolardı sanki. Güz sonu, Kolo, çırpızların (yeşermeye başlayan buğday filizleri) yeşerip Deveboynu'ndaki aluçların kızardığını görünce yavru kolocuklarından ayrılacağı günlerin geldiğini anlar, yüreğine sanki bir bıçak saplanırdı. Bilirdi ki haftaya kalmaz, Şako Bacı, kendi kolocukları da dahil, bütün keçi yavrularını, tüm oğlakları, pazara götürüp satacak. Şako Bacı buna zorunluydu. Onca keçiye yetecek otu yoktu bir kere. Sonra da kış için bir dolu alışveriş olacaktı. Bu güç ve üzüntülü günlerde, her ikisinin de yüreği için için yanardı; biri, yoksul olmanın, öteki, keçi olmanın yazgısını anlarlardı. Doğanın yasasıydı bu, ama ikisindeki yürek de ana yüreğiydi; ne yapsınlardı.

Ve böylesi günler hiç de eksik olmazdı...

Jandarmalar

Bir ikindi vakti, köye bir dolu jandarma geldi. Şako Bacı, "Ya eşkıya avı, ya asker kaçağı; bunlar bahane. Çavuş, deyyusun biriyse çok çile çektirirler bize," dedi. Jandarmalar, iki beyaz külah gibi çadırlarını çayın kıyısına kurdular; her zaman oğlakların indiği otlağa. Şako Bacı'nın keyfi iyice kaçtı. Sabahleyin Kolo'yu sağarken aşağı düşmüş kuyruğundan zaten huy kapmıştı. Akşama bütün oğlakların dönüp, yalnız Kololo'nun dönmediğini görünce durumu hemen anlamış, dizlerinin bağı çözülmüştü. Komun önüne çıktı, çadırlara baktı. Koca bir ateşin etrafında jandarmalar halka olup oturmuşlar. Yakılan ateş kora dönüşmüş. Ateşin içinde de... Hayır, hayır, Şako'nun da benim de dilimiz varmaz demeye.

Ağlayarak, öfkemden yumruklarımı sıkarak eve döndüm. Çayın kenarında türküler, oyunlar gırla. Jandarmalar gece yarısına dek vur patlasın çal oynasın, kızarmış Kololo'yu yiyip içip, zıkkımlanmışlar. Ama uyur uyumaz da, mideleri guruldamaya başlamış. Amansız bir ishale tutulan jandarmalar, birer ikişer çadırdan çıkıp önce hela diye kullandıkları hendeğe, sonra da çaya yıkanmaya... Giderek sürü halinde bir hendeğe bir çaya, sabaha dek taşınıp durmuşlar. Sabahleyin koma giderken ne göreyim:

Çayın kıyısındaki çimler, kayalar, böğürtlenler yıkanıp kurumaya bırakılmış donlarla bizim Morkaya'daki ziyaret ardıcına dönmüş.

"Ne bunlar, Şako Bacı?" dedim.

Öfkeli ve boğulur bir sesle yanıtladı:

"Çatlarlar inşallah!"

Tezek ve Ekmek

Şako Bacı komun önünde, kolları paçaları sıvamış, iri saman saplarıyla çamur yoğuruyordu. Komu onaracak ya da ek yapacak diye heyecanlandım, yardım etmek istedim.

"Sen kenarda dur gurban, bu senin işin değil," dedi.

Toz gibi ince bir sinek bulutu ve pis kokular içinde meğerse hayvan pisliği yoğururmuş.

Şako Bacı'nın, akşamüstleri köye dönen ve patır patır pisliklerini döken iribaş hayvan sürülerini sırtındaki küfeyle izlemesi; bir gün önce de Onbaşı Memet'lerin bahçesine keçilerinin gübresini taşıyıp Onbaşı'nın ahırından da küfeler dolusu inek ve öküz pisliğini komun önünde depo etmesi... Demek bunlar, bugünkü uğraşı içinmiş.

İş tam kıvamına geldi. Yoğurduğu harcı somun iriliğinde öbekler haline getirdi. Birer birer komun güneşli duvarına özenle yapıştırdı.

"Bu iş tamam gurban, karakışa tezek gerek," dedi.

Çaya inip bir güzel temizlendi, geri döndü. Duvarda koca güller gibi açmış marifetlerini bir kez daha kontrol etti. Sonra koma girdi, hamur tahtasını, merdanesini, un torbasını getirdi. Dışardaki ocağın üstüne sacı yerleştirdi. Akşama dek komun duvarlarını görkemli tezeklerle donatan o hünerli elleri, kızgın sacda pişecek ekmeğin hamuruna daldı. Gün batmıştı. Köye dönen sürünün tozu tepenin ardında idi henüz. Süt dolu memeler birazdan komda olacaktı. Şako Bacı günün son yorgunluğuna hazırlanıyordu.

Şako ve Yaşam

Köyde gelin olacak kıza, Şako Bacı, yalnız Kolo'dan sağdığı bir testi taze süt götürürdü. Gelin adayını soyar, çıplak vücudunu Kolo'nun sütüyle bir güzel ovar, kalanını da o gece damat beye içirmeyi öğütlerdi. Şako Bacı, Kolo'nun sütünü mayalayıp ondan taş gibi bir peynir yapar, güneşte iyice kurutur, onları bir torbaya kor, komun tavanına asardı. Zamanı gelince bir topalak alır, bir bardak suda ezer, midesinden sancılanan çoluk çocuğa içirirdi. Ve sancılar kirp diye kesilir, ishaller, "balta kesmez poha" dönerdi!

Şako Bacı'nın elinin ve Kolo'nun sütünün değdiği yerde illet barınamazdı. Şako Bacı kendininkine çare bulamazdı. Bulamayacağını da biliyordu.

"Bu başka türlü, benimki gurban. Hıyarın dibinde biten tütün otu gibi bi şey. Otu söksen de oylum gene kurur. Benimki de öyle işte, gurban. İçimi kemiriyor, kemiriyor... Tutunamıyorum artık."

Beni çok üzdüğünü görünce gönlümü almak ve güç vermek istemişti:

"Gurban, Yaradan'ın emri, ölürsem, biliyorum yıla bile kalmaz bir mendil toprak olup tarlaya, suya kavuşacağım. Oradan buğday başaklarına yürüyeceğim. Badem dallarında çiçek, iğdelerde koku olacağım. Çayırda çim, Kolo'nun memelerinde, bak işte bu kovadaki gibi, süt olacağım. İçenin kanında, senin etinde, kemiğinde, gözünün nurunda olacağım, gurban..."

Çok sevdiği Ali'nin türküsünü söyler gibi söylüyordu bunları. Anlıyordum, Şako Bacı'yla, ölüm arasında bir çizgi yoktu, iç içeydi onlar. Suyun tarlada emilişi, uçup göğe gidişi, çağlanın sertleşip badem oluşu, güneşin yeniden doğmak için batışı gibi ölüm de yeni bir yaşama başlamak içindi.

"Şimdi, nah! bu komdayım; ama o zaman kara topraktaki tırtılda, yağan rahmette olacağım. Esen yeller, deli çaylar beni dünyanın dört bucağına götürecek. Yeter ki ölüm güzel gele. Acısız gele, çektirmeye..."

Şako Bacı ve Ağa

Şako Bacı komun önünde Kolo keçiyi karnının üstüne yatırmış, dört ayağını bir sopaya bağlamış, uzun tüylerini kaba bir makasla HART, HART! kesiyordu. Yanına vardım, işini izlemeye koyuldum:

"Gel gurban, bu tüylerle sana bir çift çorap örecem," dedi. Sonra gene HART, HART kesmeye devam etti. Önüme tutam tutam ipeklenmiş uzun tüyleri yığıyor:

"Bak, bunlar iyi Ağa," diyordu.

Kesilen tüylerden ötürü yumurta gibi açıkta kalan, kan emmekten kütüğe dönmüş keneleri koparıp ayağının altına alıyor:

"Bak, bunlar da kötü Ağa," diyordu.

Anlamıştım ne demek istediğini. İşini bitirdi. Kolo'yu çaya yıkamaya götürürken bütün eylemini son kez özetledi:

"Ağanın iyisi devlet, kötüsü illet, gurban."

Köyün Sürüsü
Kuş Olup
Uçamaz ki...

Eski çoban askere gidince sürüye yeni bir çoban gelmiş. Kolo'yu bilmez etmez. Kolo huyu gereği dağın ta doruğunda, duvar gibi sarp bir kayanın tepesinde... Sürüden kopmuş bu başına buyruk keçiye, yeni çoban koca bir taş fırlatmaz mı? Hem de kol sapanıyla... Koca taş vınlayarak Kolo'nun tam bir adım ötesinde tuzla buz olmuş. Ezilen taşın sıcak kokusunu Kolo ta genzinde duymuş, ödü patlamış. Ya bir yerine gelseydi? Kolo'nun sakalı bir titrer, ayranı iyice kabarır. Devrisi gün, çoban, öğle sonrası meşe dallarında şöyle bir kestirip de uyanınca ne görsün? Tüm sürü çayın öte geçesinde. Cin çarpmışa dönen çoban haykıra haykıra köye iner. Bütün köy ayaklanır. Yaşlılar, gençler, kızlar, çocuklar, analar, babalar; ağaç kütükleri, kalaslar, yığın yığın sicimler, örkenler (urgan), şişirilmiş kayıklar ve içi boş su kabakları ile çaya varırlar. Akşama dek sürü zor geçirilir bu yakaya.

O gün köyde yoktum. Babam, ortaokula başlayacağımdan şehre fotoğraf çektirmeye ve çiçek aşısı yaptırmaya götürmüştü beni.

Akşam evde herkes bu öyküyü anlatıyordu. Şako Bacı'ya koştum. Komun önünde keyifli keyifli tencere kaynatıyordu. Bulgur pilavı yiyecektik:

"Olur mu böyle şey Şako Bacı, olur mu hiç? Bu sürü, kuş olup uçmadı ya, öte geçeye?"

"Dinle gurban, artık kaç yıl geçti sayamıyorum. Çok oldu. Bizim köyün ağası, olmaz dedi diye beni Aloş'uma (Ali'me) vermediler. Bir gece, kör gözün karanlığında Aloş'a kaçtım. Çayın öte geçesindeki dayısına gizlenmeye gidecektik. Çaya geldik. Mayıs başı. Çayın en deli olduğu ay, güldür güldür. Zifiri karanlıkta cılcıbıldak olduk. Aloş'um silahını ve pılı pırtımızı tortop edip başının üstüne bağladı; kuşağını da benim belime. Akıntının en sert olduğu dönemeçte kendimizi suya saldık. Yıldızların şavkında canavara benzeyen deli çayın koynuna bıraktık kendimizi."

"Yüzmeyi biliyor muydun?"

"Yoo. Aloş'um, ben mukayyet olurum sana, dedi. Ona bıraktım kendimi. Akıntı bizi hızla kaptı, bir süre sürüklendik. Bir ara çay beni dibe çekti ama Aloş'un koluna bağlı kuşağı beni su yüzü etti. Derken, çay savurur gibi bizi öte geçenin dirseğine çarpıp, kum gibi orda bıraktı.

"Gitmedik, dağda kaldık. Sabah uyandığımda Aloş'um mor menekşe topluyordu..."

Mor menekşeleri koklamak ister gibi başını eğdi, sustu Şako Bacı.

"Kolo ne yaparsa köyün sürüsü de onu yapar. Aloş'umun bildiğini Kolo bilmez mi?" diyemeden dalgın ve üzüntülü, Aloş'a sevdalı Şako, bu kez de yazmasının ucuyla oynamaya koyuldu. Ses etmedim, usulca ayrıldım. Kulaklarımda Şako Bacı'nın çok sevdiği türküsü:

"Sabahın seher vaktinde
Ali'yi gördüm Ali'yi
Başımı dizine koydum
Ali'yi gördüm Ali'yi."

Yaradan ve Şako

Unutmuşum anlatmayı. Hani Şako Bacı'nın hasta olduğu akşam, Kolo bir kova süt vermişti ya, o günü izleyen akşamdan sonra Kolo'nun sütü yarı yarıya azaldı, gene eskisi gibi süt vermeye başladı. Şako Bacı bu işe çok bozuldu:

"Gurban, Kolo göze geldi, yarın öğleyin bir boy, Sultan Hıdır'a gidelim."

Öğleyin koma vardım; Şako heybesi omzunda beni bekliyordu. Gidip Sultan Hıdır'a adak yapacaktık. Yola koyulduk. İki dağın tam yarığının ağzındaki Morkaya'ya geldik. Mosmor kaya, koca bir ardıç ağacını ezer gibi altına almış ama, maşallah ardıç da ardıç hani, hiç de altta kalmamış her yana daha bir fışkırmış. Dallarına bağlanan yırtık pırtık çaputlarla garip bir deveye dönmüş. Şako Bacı bir şeyler söyleyerek eski bir yazmasını bağladı bir dala. Sonra da sanki avucu su ile doluymuş gibi yüzünü sıvazladı. Heybesini çıkardı; taze peynir, taze soğan ve ekşili ekmekle güzel bir yemek yedik. Bir de buz gibi su içtik üstüne. Dönüş yoluna koyulduk.

"Yazmayı bağlarken ne dedin Şako?"

"Yaradana seslendim, gurban."

"İşitti mi Yaradan? Allah baba orada mıydı?"

Şako Bacı irkildi, gözlerime baktı. Sorum onu şaşırtmıştı herhalde.

Yandaki bostana girdi, bir karpuz aldı, geri geldi; taşa çaldı. İkiye ayrılmış karpuzdan dökülen çekirdekleri bana göstererek:

"Söyle bakayım gurban, Allah burda değilse, nur tanesi bu tohumları kim koydu bu karpuzun içine?"

İmamın Tespihi

Sultan Hıdır'dan döndük. Kolo'yu izledik, ne ki Kolo'nun sütü giderek biraz daha azalıyordu. Şako Bacı'nın hastalığının geçtiğine seviniyorduk ama bu süt işine sıkılıyorduk. Şako Bacı:

"Bi kez de köyün hacı imamına gidelim," dedi.

Bir süzek taze peynir aldık. Göze gelmiş Kolo'yu imama götürdük. Kolo imamı mı yoksa görkemli sakalını mı her neyse, görünce bir huysuzlandı bir huysuzlandı ki. Kuyruk aşağı indi, kulaklar yukarı dikildi. Arka bacaklarını açtı, imamın küçücük avlusunu sidiğiyle, bir güzel şarıl şarıl yıkadı. İmam, lahavle çekip yanına koyduğu tespihine elini attı; bulamadı, derken gürledi:

"Bu keçiyi cin çarpmış. Hadi yallah!"

Pılıyı pırtıyı topladık, komun yolunu tuttuk. Çok bozulmuştum. Kimi kez Şako Bacı'nın işine akıl erdiremiyordum.

O günün akşamı Kolo çok kötü sancılanmış: geviş getirirken bile sakalını oynatmayan Kolo, ağzını burnunu sağa sola savurmaya başlamış, sabaha dek inleyip durmuş.

Şako, Kolo'yu kan tuttu, deyip kulağını keserek belki bir okka da kanını akıtmış. Sabah, bir damla süt alamamış ama, Kolo'nun poposundan süt kovasına CUMP, CUMP! diye düşen tam otuz üç tane sarı kehribar tespih tanesi saymış. Kolo da, Şako Bacı da bir rahat soluk almışlar.

Kaymağımı almaya gittiğimde imamın tespihi ipe diziliyordu. Tespih Kolo'nun sakalına sürüldü. Komun tavanında en seçkin bir yere benim "uğurlu elimle" asıldı.

"Kimseye demeyesin bunu, diline sahip ol," dedi Şako Bacı. Durdu bir an, söylemesi gerektiğine inandı ve devam etti:

"Eline, diline, beline hep sahap olasın gurban..."

Munzur Baba

Aradan iki gün geçmeden Şako, Kolo'yu sağarken gene apışıp kaldı. Bu kez kekik ve ıtır kokularıyla yüklü, mavimsi, koyu yağlı iki kova süt. Şako Bacı sevineceğine sapsarı oldu, diz çöktü, alnını toprağa değdirdi:

"Gurban olam, ses etme, Munzur Baba gibi bizim Kolo da ermiş herhalde," dedi.

Ve Munzur Baba'nın öyküsünü anlattı. Öykünün sonlarına doğru adamakıllı coşkulandı. Ayağa kalktı, kollarını açtı, daha yüksek, daha tane tane konuşmaya başladı:

"Eee gurban, er geç Çoban Munzur'u tanıyan köylüler, yüzüne nur inmiş, Ermiş Munzur'un elini eteğini öpmek için ona doğru koşarlar, gurban. Olanlardan habersiz, gurban, sürü halinde haykırarak, birbirlerini iterek kendisine doğru koşan köylülerden Çoban Munzur korkar, gurban. İçtiği süt tası elinde, geri geri kaçmaya başlar, gurban. Dökülen her süt damlasının kayalara değdiği yer yarılır, gurban, hemen ordan bir pınar doğar. Kırk tane pınar doğar, gurbanın olam, tam kırk tane! Köylüler tam Munzur'a el sürecekken, kayalar yarılır, yok olur Munzur Baba, gurban. Bi solukta yitip gider. Nah işte orada! Kudretin böylesine can gurban. Kırk damla süt, kırk pınar olup, kırk kol akar. Kırk kol birbirine sarılır, koca Munzur Çayı olur."

Şako Bacı yorulmuştu, çöktü toprağa:

"Süt damlasından Deli Munzur Çayı'nı veren Yaradan'a gurban olam," dedi.

Görünmeyen şeyleri kovar gibi başıyla ve elleriyle bir şeyler yaptı. Sonra her iki yöne "tüh, tüh!" deyip tükürdü. Dudaklarını elinin tersiyle silip, susup kaldı.

Onbaşı'nın Pireleri

Güz başı erişti mi, Şako Bacı bulgur haşlayıp töpür yapardı. O zaman oğlaklara pek göz kulak olamazdı.

Yer tükenmiş, ot bitmiş gibi kolocukların bayıldıkları yer Onbaşı'nın vişne bahçesi. Bir gün altı oğlak vişneleri kemirip bahçeyi perişan ettikten sonra Onbaşı yetişir ama artık çok geç. Oğlakları pire dolu karanlık pis ahırına kapatır, soluğu komda alır. Onbaşı'nın hışmından Şako Bacı

canını zor kurtarır. Onbaşı bir tulum peynirini hasar bedeli olarak koltuğunun altına sıkıştırır, ötekileri salar.

Onbaşı'nın sıtma görmemiş sesini duyup koma koştuğumda kavga bitmiş, Onbaşı gitmişti. Aralarından birini tutsak veren oğlaklar biraz sonra koma döndüler. O anda Şako Bacı'nın tepesi bir kez daha attı. Binlerce pireyle yüklü oğlakları komdan dışarı attı. Çayın kıyısındaki otlağa sürerken, bir dolu sövgü arasında:

"Gurban, işimiz acele, yarın kaymağını erken almaya gelesin," dedi, sepet havasını bana da çaldı.

Daha ortalık aydınlanmadan vardım koma. Altı keçiyle beş oğlağı çayın kıyısına götürdük. Koloların kulaklarına, öbürlerinin de boynuzlarına birer tutam keçi kılı bağladık. Çayın ters akıntı yapıp döndüğü dingin bir koyda, Şako Bacı ve Kolo önde, yavruları ve ben arkada suya girdik. Sular kulak ve boynuzlara gelinceye dek, yavaş yavaş ilerledik. Sular kıl püsküllere ulaşınca Şako Bacı keçilerin, ben de gıdiklerin, tez elden kıl püsküllerini bağlayan iplerini çözdük.

Sudan korkup püsküllerde toplanan binlerce cambaz pire, sabahın köründe, deli ve soğuk çayda on bir tekneli bir filoyla, kim bilir, yeni ahırları fethe çıktılar.

Teke ve Hayın Kurt

Şako Bacı, o uğursuz akşam, koma ilk kez Kolo'nun girdiğini görünce onu adamakıllı bir süzdü. İnik kuyruğu, acı dolu gözleriyle Kolo, bir kara haber verir gibiydi. Teke aralarında yoktu. Şako Bacı komun önüne çıktı, yanı yöreyi bir kolaçan etmeye. Beni gördü:

"Gurban, teke çıkmadı sürüden," dedi. Biraz sonra uzaktan sürünün çobanı göründü. Sırtındaki kanlı postu, Şako'nun önüne koydu.

"Sürüye kurtlar daldı, Şako Bacı; birkaç koyun, bir de senin teke... Önce köpekler yetişti, ben de ardından, ama teke yerdeydi. Kurt taşaklarını kapmıştı. Can çekişiyordu, bıçağı zor yetiştirdim; murdar olmadı teke. Postu, etinin eyi yanları aha, burda, sağlık ola Şako," dedi, durmadı gitti.

Çoban bunları söylerken sapsarı olmuş, donup kalmıştım. Huyumdur, acı ve kanlı gerçeklere gözümle görünceye dek inanmak istemem. Ama kanlı post ordaydı. Gözlerim buğulanmıştı. Birden teke ile kurdun boğuşmasını görür gibi oldum. Teke, önden saldıran kurda karşı kendisini iyi koruyordu; Kolo keçisini bu kez de dul bırakmayacaktı. Alçak, zalim ve güçlü düşmana karşı sonuna dek yiğitçe karşı koyacaktı ve koyuyordu da. Ama, bir başka hayın kurt arkadan saldırınca ne yapsın? Malı mülkü, canı ile birlikte teslim etmişti demek.

Şako Bacı gözyaşlarını sildi. Elini saçlarımda tarak yapıp:

"Gurban, bak Kolo gebe. Giden tekenin yavrusu orda. Kolo, ölümden daha güçlü. Giden gitti..."

Ama biliyordum ki Şako ile Kolo'ya yaşam daha güçtü şimdi.

Şako Bacı'nın Ölümü

Karakış, ay tutulması ve zehir zemberek soğuklarıyla bitti bitiyor derken, Şako Bacı'nın sağ yanındaki sancı gene başladı. Epeyi sürdü. Birinci cemre düşmüş, soğukların beli kırılmıştı. Kar çiçekleri karı delerek baharı muştulamışlardı. Sancı bu kez de sol yandan vurdu Şako'ya. Yılgın ve acılı Şako Bacı,

"Gayrı umudum kalmadı, gurban. Hak emri," diyordu.

O sabah, koma kaymağımı almaya giderken içimde sanki kelep olmuş o kara yılanı taşıyordum. Komun karanlığında ilk kez Kolo'nun acı yüklü sarı gözlerini gördüm; sonra Şako Bacı'nın

bana dönüp bakmayan duru, sarı yüzünü. Yanına yaklaşırken açıkta kalan ayaklarını yorganın içine itmek istedim. Buz gibi ve kaskatı ayakları tutar tutmaz sırtımda soğuk, dikenli ve gezen bir ürperti duydum; büyük bir korku sardı içimi. Boğulur gibi oldum, anama koştum.

Anam evden ayrılmamamı söylerken, kim varsa topladı, koma koştu. Biraz sonra anam döndü:

"Şako Bacı'yı yitirdik oğlum, gece ölmüş," dedi.

Birden kulağıma, havuzun başındaki asmada uyanan serçelerin, yavru serçelerin cıvıltıları geldi. Yüzümü mindere gömdüm, ağlamaya başladım.

Koloları Gördünüz mü?

Anam ancak öğleden sonra çıkmama izin verdi. Onbaşı ile sakallı imam önde, köylüler, ellerinde kazma kürek, mezarlıktan dönüyorlardı. Oraya gittim. Bodur bir ardıcın yanında taze bir toprak yığını ve yontulmamış beyaz bir taş. Sanki Şako'nun sakin ve tatlı sesi, yanındaki arktan gürül gürül akan suya karışıyordu.

Sarı buğday başaklarında yaşayacağım gurban, mavi-beyaz sütte dağılacağım, diktiğin badem dalında gövereceğim, gözünün nurunda olacağım, gurban... Kınalı keklik sesinde, arı vızıltısında duyulacağım, gurban; rahmet indiren şu bulutta, esen yelde, Deli Çay'da akıp gideceğim, gurban; toprağın her bir zerresinde olacağım gurban...

Bir çift üveyik, sessiz kanat çırpışlarıyla su içmeye indi arka. Beni görüp telaşlandılar, gürültüyle uzaklaştılar. Sıtmalı bir uykudan uyanır gibi birden kendime geldim, koma döndüm. Kolo'yu ve yavrularını görmeye... Hiçbiri ortada yoktu. Dışarı çıktım, ötekiler Deli Çay'ın kıyısında otluyorlardı, ama Kololar yoktu aralarında.

Husso Dayı'ya sordum. "Mezarlıkta gördüm onları," dedi. Cemo Dayı'ya, Kara Memoşlara, Kör Hasso'ya, Haygonoş Bacı'ya, rastladığım herkese sordum. Hepsi de görmüşler: Cevizlikte, pınar başında, Asım Ağa'nın bağında. Söylenen her yere koştum. Yoktular, yok olmuşlardı. Akşam sürü köye dönerken, yokuştan yükselen tozun içinde uzaktan Kolo'yu görür gibi oldum. Yüreğim güm güm, deli gibi daldım sürüye. Kololar yoktu. Çobana sordum, "Gördüm," dedi. "Dağın doruğunda idiler. Sonra üçü birden çaya su içmeye indiler sandım; çayın öte geçesinde gördüm. Sarı kızı, kulağı kesiki saldım yanlarına, hayvanlar uluyarak geri döndüler..."

Kololar ve Üç Pınar

Ekin tarlalarında gelincikler kaybolmuş, bademlerde çağlalar artık yenmez olmuştu. Bir bahar daha dönüyordu. Bir gece, daha kuşluk sökmemiş, bilmem nasıl uyandım. Kolo keçi meliyordu. Sesi tam penceremin altından geliyordu. Don gömlek, yalınayak fırladım dışarı. Ses, Onbaşıların vişneliğine, oradan kavaklığa kaydı. Yarısı rüzgârın, yarısı benim, ses bu kez mezarlıktan gelmeye başladı. O yana gidemedim. Kör cevizin bayırından gözetlemek istedim, ses koyağa, çaya indi. Komun önüne koştum, Kolo'yla iki yavrusunu, çay kıyısındaki "Tatlı Şakuk"un altında gördüm; oradaydılar. Şakuk'un buğulu yapraklarına erişmek ister gibi ince uzun boyunlarını uzatmış, başlarını havaya kaldırmışlardı. Bir çırpıda oraya vardım, kimseler yoktu. Birden ayaklarımı buz gibi soğuk bir suyun yaladığını duyumsadım. Yaşlı Şakuk'un dayandığı koca kaya üçe yarılmış, üç ayrı gözden gelen, süt gibi beyaz köpüklü, üç ayrı pınara kaynak olmuştu.

Kololarıen son gördüğüm bu yerde, gizine yalnız benim tanık olduğum bu üç gözeyi önce oğlaklar, sonra da kınalı keklikler buldu. Gün batışı su içmeye geliyorlardı. Sonra orağa giden ve gelen ırgatların uğrak yeri oldu. Gözelerinde süt gibi ak köpüklerle kaynayan bu buz gibi soğuk pınarlar, köyün tüm çocuklarının ve benim en çok sevdiğimiz yer oldu. Yüzükoyun yerde, başlarımız ta gözelerin içinde "Tatlı Şakuk"un üç pınarından kana kana, Kolocuklar örneği, su içerdik.

Baraj

Üniversiteyi bitirinceye dek, yaz tatillerimin bir bölümünü köyde geçirdim. Babamı çoktan yitirmiştim. Anam da kente göçmüştü.

O yaz, bir dolu nedenden ötürü, uzun bir süre kalmıştım köyde. Köyde her şey hızla eskimiş, yaşlanmış ve parlak renklerini yitirmişti sanki. Üç pınarlar üç cılız su sicimi olmuş, Deli Çay bile gürlemez olmuştu. Morkaya'daki ardıcın bile yarısı var, yarısı yoktu. Çürümüştü.

Köyde ve çevresinde bir dolu mühendis ve işçi, ellerinde metreler, dürbünler her tarafı ölçüp biçiyor, ağaçları bile tek tek sayıyorlardı. Tepelerde, vadilerde toprak kazan, yükleyen, taşıyan dev gibi sapsarı araçlar dolaşıyordu. Dağları, tepeleri eritiyor, ırmakların yataklarını değiştiriyorlardı. Elektrik üretecek koca bir baraj yapımı içindi bu hayhuy... Barajın gövdesi köyden belki yüz kilometre ötedeydi, ama arkasında oluşacak göl, bizim köye kadar uzanacak, köy, gölün altında kalacaktı. Öyle söylüyorlardı.

Tüm köylülerin evlerine, tarlalarına ve badem ağaçlarına "Devlet Baba" el koymuş, hepsini satın almıştı. Paralarını alanların bir bölümü, çoktan köyü terk etmişlerdi. Ama çoğunluk hâlâ köydeydi. Akşamları köy meydanında kara kara düşünüyorlardı. Asım Ağa, Kara Memoş, Onbaşı Memet, Cemo Dayı çoktan toprak olmuşlardı. Çocukları, torunları, gelinleri, damatlarıydı bunlar:

Bir gün Muhtar:

"Kaymakam bey söyledi, baraj bitince tüm köylere elektrik vereceklermiş," deyince, hepsinin yürekleri burkulmuş, gözleri dolmuş ve susmuşlardı. Köyleri su altında kalınca nideceklerdi elektriği?

En sonunda jandarmalarla köye haber salındı: Barajın kapakları tutulmuştu. Köyün terk edilmesi gerekiyordu. Kimse aldırmadı bu söze. Evleri,

barkları su altında kalıncaya dek kimse köyü terk etmek istemiyordu. Belki de inanmıyorlardı bu işe. Bir ay sonra, her gün biraz daha kabaran baraj gölü içinde önce Deli Çay'ın hızı ve sesi kesildi. Sonra Deli Çay'a akan tüm dereler yok oldu. Sonra, baraj gölü bayırlara tırmanıp "Tatlı Şakuk"u ve üç pınarları yuttu. Sonra yamaçlardaki tüm bademler boy boy su içinde kaldı. Göl tarlalara ve ilk evlere erişti bu kez.

Söylendiği halde, köylüler dinlememiş, gene bostan ekmişlerdi. Baraj gölünü, burunlarının dibinde emeklerini ve evlerini de yutar görünce cin çarpmışa dönmüşlerdi. Ama kör bir rezillik içinde baraj gölü yükseliyor ve yürüyordu. Geçen her zaman parçasında yaşamın bir parçasını daha dibine gömüyordu.

Cemo Dayı'nın torunu, bademlerini odun niyetine keseyim derken çamurlu sulara saplanmış boğulup kalmıştı. Onu kurtarmaya çalışan gencecik jandarma eri de... Hem de terhisine birkaç hafta kala.

Bu olaya dek soğukkanlılıklarını yitirmemiş köylüleri birden bir telaş sardı. Korku ve panik başladı köyde. Baraj suları, karınca ve keklik yuvalarına, yılan deliklerine ve kurt inlerine girmiş, yılanı, kurdu, kuşu, akrebi, danaburnunu, arı ve çekirge sürülerini ortaya dökmüştü. Yılanlar, köy meydanını güpegündüz geçit yapmıştı. Geceleri hiç kesilmeyen kurt ve çakal ulumaları kadınların, çocukların ödünü patlatıyordu. Yükselen ve her şeyi yutan göl, tüm canlıları ve insanları önüne katmış sürüyordu. Yılanlı dut ağacındaki serçeler örneği, tam bir bozgun havası içindeydi her şey. Sarı sıcak ve kesilmeyen boğuk bir uğultu içinde doğa kıyamet günleri yaşıyordu.

Nuh tufanıydı sanki...

Köy terk ediliyordu. Gözyaşları ve tüm canlıların çığlıkları içinde.

Sular mescidin minaresini de örtüp, Morkaya'nın dibinde çakılıp kaldı en sonunda. Ardıcın yarısı suda, yarısı karada kaldı. Kim bilir Şako Bacı'nın yazması suda mı, karada mı?

Ne meleme, ne keklik sesi ve ne de çocuk çığlıkları yankılanıyordu artık Deli Çay'ın öte geçesinde. Ölü karınca ve çekirge sürüleri, iri iri dikenler, şişmiş hayvan leşleriyle pis bulanık bir göldü arta kalan.

Bin yıllık, yüz bin yıllık yaşam, ekilen bostan, çağla yüklü bademler, koca koca ceviz ağaçları bir mevsim içinde güze erişmeden yok oldu gitti. Yaşamın büyük öyküsü, bizim köyümüz yok olmuştu Deli Çay'ın oylumuna dolmuş baraj gölünde... Desem ki: Şurada, şu bulanık suların minare boyu dibinde kaldı benim doğduğum köy, Şako'nun ve Kolo'nun komu... Kim inanır bana? Çocukluk yıllarımın tüm somut tanıkları orada işte. Kim inanır orda bir köy olduğuna?

Yalnız türküsü kaldı koyaklarda, yamaçlarda:

"Şakuk yok, armudu yok,
Bilemem tadı nedür?
Söyletmeyin ağlarım,
O köyün adı nedür?"

Kırk Yıl Sonra

O günlerin üzerinden nerdeyse kırk bahar, akıp gitti. Kolocukları kimse bir daha görmedi. Bense, nerede bir çocuk görsem, kolocukları da yanı başında görürüm hemen. Kızım doğdu "Kolofoş"u, oğlum doğdu "Kololo"yu gördüm. Anladım ki kolocuklar, benim ve yurdumun çocuklarıdır, dünyanın tüm çocuklarıdır.

O günlerin üzerinden nerdeyse kırk güz akıp gitti. Şako Bacı'yı, Kolo'yu kimse bir daha görmedi. Bana gelince, anladım ki Şako Bacı ve Kolo, benim anamdır, çocuklarımın anasıdır, karımdır; yurdumun analarıdır.

Dünyanın tüm analarıdır.

İşte böyle... Bir varmış, bir yokmuş, Şako Bacı'yla Kolo keçisinin yaşadığı, Deli Çay'ın kıyısında bir köy varmış...

İLKGENÇLİK KİTAPLIĞI
Aisopos Masalları
Grimm Masalları I-II
Sait Faik Abasıyanık
Seçme Hikâyeler
Bir Sonbahar Akşamı-Seçme Öyküler
Bilgin Adalı (uyarlayan)
Gençler İçin Gılgamış Destanı
Tahir Alangu
Kediler Padişahı
Keloğlan Masalları
Billur Köşk Masalları
Sabahattin Ali
Kamyon - Seçme Öyküler
Claude Allégre
Herkese Biraz Bilim
Herkese Biraz Daha Bilim
Hans Christian Andersen
Andersen Masalları
Rodoslu Apollonios
Argo Gemicilerinin Destanı
Ece Ayhan
Şiirimiz Mor Külhanidir Abiler-Seçme Şiirler
Selçuk Baran
Porselen Bebek
Yiğit Bener
Özgür Rosto
Vüs'at O. Bener
Havva-Seçme Öyküler
İlhan Berk
Bir Yeryüzü Tanığı-Seçme Şiirler
İlke Boran - Kıvılcım Yıldız Şenürkmez
Kültürel Tarih
Işığında Çoksesli Batı Müziği
Jean-François Bouvet
Ispanaktaki Demir ve
Diğer Yerleşik Düşünceler
Adnan Binyazar
Dede Korkut
Italo Calvino
Dere Tepe Ters
İkiye Bölünen Vikont
Ağaca Tüneyen Baron
Varolmayan Şövalye
Edip Cansever
Gelmiş Bulundum - Seçme Şiirler
Carlo Collodi
Pinokyo'nun Maceraları-Bir Kuklanın Hikâyesi
François Dagognet
Büyük Filozoflar ve Felsefeleri
Fazıl Hüsnü Dağlarca
Bitkiler Okulu
Dağ Uykusu-Seçme Şiirler
Arkaüstü (Uçsuz Bucaksız Yaşama)
Kuş Ayak
Balina ile Mandalina
Yaramaz Sözcükler
Okulumuz 1'deki
Okulumuz 2'deki
Okulumuz 3'deki
Cincik
Cin ile Cincik
Yazıları Seven Ayı
Dolar Biriktiren Çocuk
Başparmak
Gösterme Parmağı
Ortaparmak
Yüzük Parmağı
Serçe Parmak
Güneşi Doğduran
Göz Masalı
İnönüler
Sakarya Kıyıları
30 Ağustos
İzmir Yollarında
Samsun'dan Ankara'ya
Oyun Okulu
Su Yıkamak
Vedat Dalokay
Kolo
Daniel Defoe
Robinson Crusoe
Gülten Dayıoğlu
Yeşil Kiraz
Yeşil Kiraz 2
Nursel Duruel (haz.)
Genç Olmak -
80 Yazardan 80 Öykü (2 cilt)
Umberto Eco
Cecü'nün Yer Cüceleri
Ege Erim
Kayıp Şeyler Ülkesinde

Sir James George Frazer
Altın Dal
Yücel Feyzioğlu
Kardeş Masallar
Timothee Fombelle
Tobie Lolness 1. Boşlukta Yaşam
Tobie Lolness 2. Elisha'nın Gözleri
Memet Fuat
Yunus Emre
Karacaoğlan
Tevfik Fikret
Pir Sultan Abdal
Şinasi
Ahmet Haşim
Namık Kemal
Köroğlu
Dadaloğlu
Füruzan
Yaz Geldi - Seçme Öyküler
Nâzım Hikmet
Sevdalı Bulut
Henüz Vakit Varken Gülüm
Ted Hughes
Demir Adam-Demir Kadın
Norton Juster
Hayalet Gişe -
Milo'nun Akıl Almaz Serüveni
Mehmet Kanar (çev.)
Periler Padişahının Kızı - İran Masalları
J. Rudyard Kipling
Cengel Kitabı
Henri Lœvenbruck
Dişi Kurt ile Çocuk
Kurtların Savaşı
Dişi Kurdun Gecesi
Behçet Necatigil
Eski Sokak - Seçme Şiirler
Ferenc Molnar
Pál Sokağı Çocukları
Roger Norman
Albion'un Rüyası
Ağaç Zamanı
Alexandra Pasteris
Her Güne Bir Soru
Sven Ortoli-Nicolas Witkowski
Arşimed'in Hamamı
Nicolas Witkowski
Bilimlerin Duygusal Tarihi
Hubert Reeves
Kuşlar, Harika Kuşlar
Gökyüzü ve Yaşama İlişkin Yazılar
Hubert Reeves-Frédéric Lenoir
Yeryüzünün Acısı
J.K.Rowling
Harry Potter ve Felsefe Taşı
Harry Potter ve Sırlar Odası
Harry Potter ve Azkaban Tutsağı
Harry Potter ve Ateş Kadehi
Harry Potter ve Zümrüdüanka Yoldaşlığı
Harry Potter ve Melez Prens
Harry Potter ve Ölüm Yadigârları
Ozan Beedle'ın Hikâyeleri
Harry Potter Ders Kitapları
Oktay Rifat
Bir Aşka Vuran Güneş - Seçme Şiirler
Miguel de Cervantes Saavedra
Don Kişot
Jacques Le Goff – Jean-Louis Schlegel
Çocuklar İçin Ortaçağ
Mine Söğüt
Sevgili Doğan Kardeş
Cemal Süreya (haz. Doğan Hızlan)
Üstü Kalsın - Seçme Şiirler
Tufan Turanlı
Ertuğrul Firkateyni'nin Öyküsü
Mark Twain
Bir Cinayet, Bir Sır ve Bir Evlilik
Tomris Uyar
Metal Yorgunluğu - Seçme Öyküler
Turgut Uyar
Göğe Bakma Durağı - Seçme Şiirler
Alper Uygur
Bizim Korsanlar
Akdeniz'i Köpürten Osmanlı Leventler
Orhan Veli
La Fontaine'in Masalları
Nasrettin Hoca Hikâyeleri
Sakın Şaşırma - Seçme Şiirler
Tahsin Yücel
Anadolu Masalları

YAPI KREDİ YAYINLARI / DOĞAN KARDEŞ